दिव्य दूत

नारद मुनि

OM KIDZ
An imprint of Om Books International

Published in 2012 by

OM KIDZ

An imprint of Om Books International

Corporate & Editorial Office
A 12, Sector 64, Noida 201 301
Uttar Pradesh, India
Phone: +91 120 477 4100
Email: editorial@ombooks.com
Website: www.ombooksinternational.com

Sales Office
4379/4B, Prakash House, Ansari Road
Darya Ganj, New Delhi 110 002, India
Phone: +91 11 2326 3363, 2326 5303
Fax: +91 11 2327 8091
Email: sales@ombooks.com

Illustrations: Dinesh, Adil, Rashid, Vinod

ISBN: 978-93-80069-67-8

Printed in China

10 9 8 7 6 5 4 3 2 1

विषय—सूची

नारद मुनि

हिन्दू धर्मग्रंथों में नारद को देवताओं के बीच रहने वाले तपस्वी के रूप में बताया गया है। तपस्वी को मुनि कहकर भी पुकारा गया है। नारद मुनि भगवान विष्णु के अनन्य भक्त थे। उनके पास पलक झपकते पृथ्वी, आकाश और पाताल तीनों लोकों की यात्रा करने की दैवीय शक्ति थी। देवताओं, असुरों और मनुष्यों के बीच भी उन्हें बहुत सम्मान की दृष्टि से देखा जाता था। वह वास्तव में एक लोक

से दूसरे लोक में संदेश पहुँचाने का कार्य करते थे। कहा जाता है कि नारद मुनि अपना संगीत यंत्र, 'वीणा' सदैव अपने साथ रखते थे और ''नारायण! नारायण!'' का जाप करते रहते थे।

ब्रह्मा पुत्र

जब भगवान ब्रह्मा (हिन्दू धर्मशास्त्रों के अनुसार सृष्टिकर्ता) ने विश्व का निर्माण किया, तभी उन्होंने अपने मस्तिष्क से नारद की रचना की थी। इसी कारण नारद को भगवान ब्रह्मा का मनसपुत्र कहा जाता है। मनसपुत्र का अभिप्राय है, 'मस्तिष्क से उत्पन्न किया गया पुत्र'।

नारद का पिछला अवतार

एक बार की बात है, उपबरहन नामक एक गंधर्व (देवताओं के दरबार में गायक) भगवान ब्रह्मा का उपासक बन गया। वह जो उनकी भक्ति में लीन होकर उनकी

पूजा–अर्चना करता रहता था। वह भगवान ब्रह्मा का परम भक्त था किन्तु उसे अहंकार हो गया। वह समझता था कि उसके समान रूपवान व्यक्ति धरती पर कोई दूसरा नहीं है और न

ही उसके समान कोई गायक या नर्तक है। भगवान ब्रह्मा की पूजा–अर्चना करते समय भी उसका यह अहंकार झलकने लगता था। उसके अहंकार से कुपित होकर भगवान ब्रह्मा ने उसे अगले जन्म में शूद्र (निम्न जाति का व्यक्ति) बनने का शाप दे दिया ताकि वह गाने और नृत्य करने के योग्य न रहे। इस प्रकार उपबरहन का अगला जन्म आश्रम में रहने वाले ब्राह्मणों की सेवा करने वाली एक शूद्र दासी के गर्भ से हुआ।

बचपन से उपबरहन ईश्वरीय शक्ति और अध्यात्म के प्रति आकर्शित रहता था। एक बार कुछ तपस्वी आश्रम में पधारे और चार माह तक ठहरे रहे। बालक उपबरहन ने उनकी समर्पित भाव से सेवा की। उसकी सेवा और समर्पण भावना से प्रसन्न होकर उन तपस्वियों ने उसे नारायण मंत्र सिखाया जिसका जाप भगवान विष्णु की अर्चना के लिये किया जाता है। एक दिन बालक की माँ की एक विषैले सर्प के डसने से मृत्यु हो

गई। बालक बहुत दुःखी हुआ क्योंकि आश्रम में अब वह बहुत अकेला हो गया था। एक दिन वह आश्रम छोड़कर चला गया और वन में जाकर वट–वृक्ष के नीचे बैठ गया। थोड़ी देर बाद वह ईश्वर का स्मरण करके नारायण मंत्र का जाप करने लगा। ऐसे कई दिनों तक जाप करने के बाद उसने ईश्वर की दैवीय आवाज सुनी, ''हे नन्हें बालक, मैं तुम्हारी भक्ति से अत्यधिक प्रसन्न हुआ हूँ। अगले जन्म में तुम मेरे दैवीय स्वरूप का साक्षात दर्शन करोगे। अगले जन्म में तुम मेरा नाम जपते हुए तीनों लोकों का भ्रमण करोगे।''

प्रजापति दक्ष का शाप

बालक उपबरहन अगले जन्म में नारद के रूप में पैदा हुआ। वह धार्मिक प्रवृत्ति का था और दूसरे लोगों को भी अपना जीवन ईश्वर को समर्पित करने की शिक्षा देता था। एक बार प्रजापति दक्ष के बेटे उस बालक से इतने प्रभावित हुए कि वे भी ईश्वर

की सेवा में समर्पित हो गये। सांसारिक विषयों से उनका कोई लगाव न रह गया जिससे अब दक्ष का कोई उत्तराधिकारी न रहा। प्रजापति दक्ष ने नारद मुनि को शाप दिया, 'तुमने मुझसे मेरे पुत्रों को छीना है। इसके लिये तुम दण्ड भोगोगे। मैं तुम्हें शाप देता हूँ कि तुम पूरे ब्रह्माण्ड में विचरोगे फिर भी तुम्हारा अपना कोई घर नहीं होगा!'

हिमालय में तपस्या

यह शाप सुनकर नारद मुनि को बहुत दुःख हुआ। वह तपस्या करने हिमालय चले गये। जब नारद ने तपस्या करनी शुरू की तो देवताओं के राजा इन्द्र उनकी भीषण तपस्या से भयभीत हो गये। उन्होंने नारद की तपस्या भंग करने के लिये कामदेव और अप्सराओं को भेजा। फिर भी नारद की तपस्या भंग नहीं हुई क्योंकि नारद सांसारिक सुखों से विमुख थे। नारद ने उदारता दिखाते हुए अपनी तपस्या में विघ्न डालने के लिये कामदेव को भी क्षमा कर दिया, किन्तु जब कामदेव इन्द्र के पास वापस चले गये तो नारद को अपनी उदारता पर अहंकार हुआ। उन्होंने सोचा,

'भगवान शिव ने क्रोधित होकर कामदेव को जलाकर भस्म कर दिया था, किन्तु मैंने उदारता दिखाते हुए उसे क्षमा कर दिया। मैं त्याग और अपने क्रोध पर नियंत्रण रखने की दृष्टि से भगवान शिव से अधिक महान हूँ !' उसके बाद नारद भगवान शिव से मिलने कैलाश पर्वत पहुँचे।

नारद ने बताया कि उन्होंने अपने क्रोध पर नियंत्रण रखकर कामदेव को क्षमा कर दिया और सांसारिक सुखों को कोई महत्व नहीं दिया। भगवान शिव ने उनकी बात ध्यान से सुनी। उसके बाद उन्होंने नारद को समझाया कि दूसरे देवताओं के सामने खुद की इतनी प्रशंसा करना ठीक नहीं है। उनकी

सलाह सुनकर नारद को आश्चर्य हुआ। भगवान शिव ने आगे कहा, ''भगवान विष्णु संसार के धन, वैभव और समृद्धि का भोग करते हैं। वह दूसरों को धन और वैभव से सम्पन्न करने की शक्ति रखते हैं। धन–वैभव का तिरस्कार करने से भगवान विष्णु अप्रसन्न हो सकते हैं।'' नारद ने अपना बचाव किया, ''लेकिन मैं साधारण मनुष्य नहीं हूँ!'' ब्रह्मा ने कहा, ''वत्स, ईश्वर भावनाओं से प्रभावित हो सकता है और भावनाएँ सकारात्मक भी हो सकती हैं और नकारात्मक भी। इसीलिये मनुष्यों की तरह ईश्वरीय शक्ति भी ईर्ष्या और अहंकार से नष्ट हो सकती है।'' नारद ने भगवान ब्रह्मा को वचन दिया कि वह उनकी बात का ध्यान रखेंगे और वहाँ से चल पड़े। नारद

भगवान विष्णु को देवताओं में सर्वश्रेष्ठ समझते थे। वहाँ से वह भगवान विष्णु से मिलने भगवान विष्णु के निवास बैकुण्ठ पहुँचे। नारद ने भगवान विष्णु का गुणगान किया और बताया कि वे उनके अनन्य भक्त हैं। उन्होंने आगे यह बताया कि कैसे उन्होंने कामदेव पर विजय पायी और सांसारिक सुखों का त्याग करके आध्यात्मिक सफलता प्राप्त की।

जब नारद यह सब बतला रहे थे तब भगवान विष्णु नारद की अज्ञानता पर मुस्कुरा रहे थे। उन्होंने नारद की परीक्षा लेने का निर्णय लिया।

जब नारद स्वयंवर में पहुँचे

बैकुण्ठ से नारद एक सुन्दर नगर में पहुँचे। इस नगर को भगवान विष्णु ने अपनी माया से तैयार किया था। नगर में राजा शीलनिधि की पुत्री का स्वयंवर (विवाह–प्रथा, जिसमें वधू स्वयं अपना वर चुनती है) चल रहा था। नारद भी इस स्वयंवर

में शामिल हो गये। राजा शीलनिधि ने नारद का उत्साहपूर्वक स्वागत किया और अपनी पुत्री के भावी जीवन के बारे में पूछा। नारद को राजा शीलनिधि की पुत्री से प्रेम हो गया था इसलिये वह उससे विवाह करना चाहते थे। वह वहाँ से उठकर सीधे भगवान विष्णु के पास गये और बोले, ''हे देव, मुझे अपना रूप

दे दो ताकि मैं उस स्वयंवर में सबसे सुन्दर दिखूँ।'' भगवान विष्णु ने मुस्कुराते हुए कहा, ''हे नारद, तुम स्वयंवर में जाओ। तुम वहाँ हरि की तरह दिखोगे।'' नारद बहुत प्रसन्न हुए क्योंकि स्वयंवर में उनका मुख श्री हरि की तरह दिखने वाला था। वह तब यह नहीं समझ पाये कि श्री हरि

केवल भगवान विष्णु का नाम नहीं था बल्कि यह एक बंदर का भी नाम था! नारद स्वयंवर सभा में पहुँचे। उसी समय सुन्दर वधू सभागार में जाने लगी।

वह अपने भावी वर को ढूँढ़ रही थी। नारद के पास पहुँचने पर वह उन्हें पहचान नहीं सकी क्योंकि उनका मुख बंदर की तरह था! नारद के बगल में ही सुन्दर, आकर्षक व्यक्तित्व के स्वयं श्री हरि विराजमान थे। वधू ने तुरंत ही वरमाला श्री हरि के गले में डाल दी। श्री हरि वधू के साथ वहाँ से चले गये।

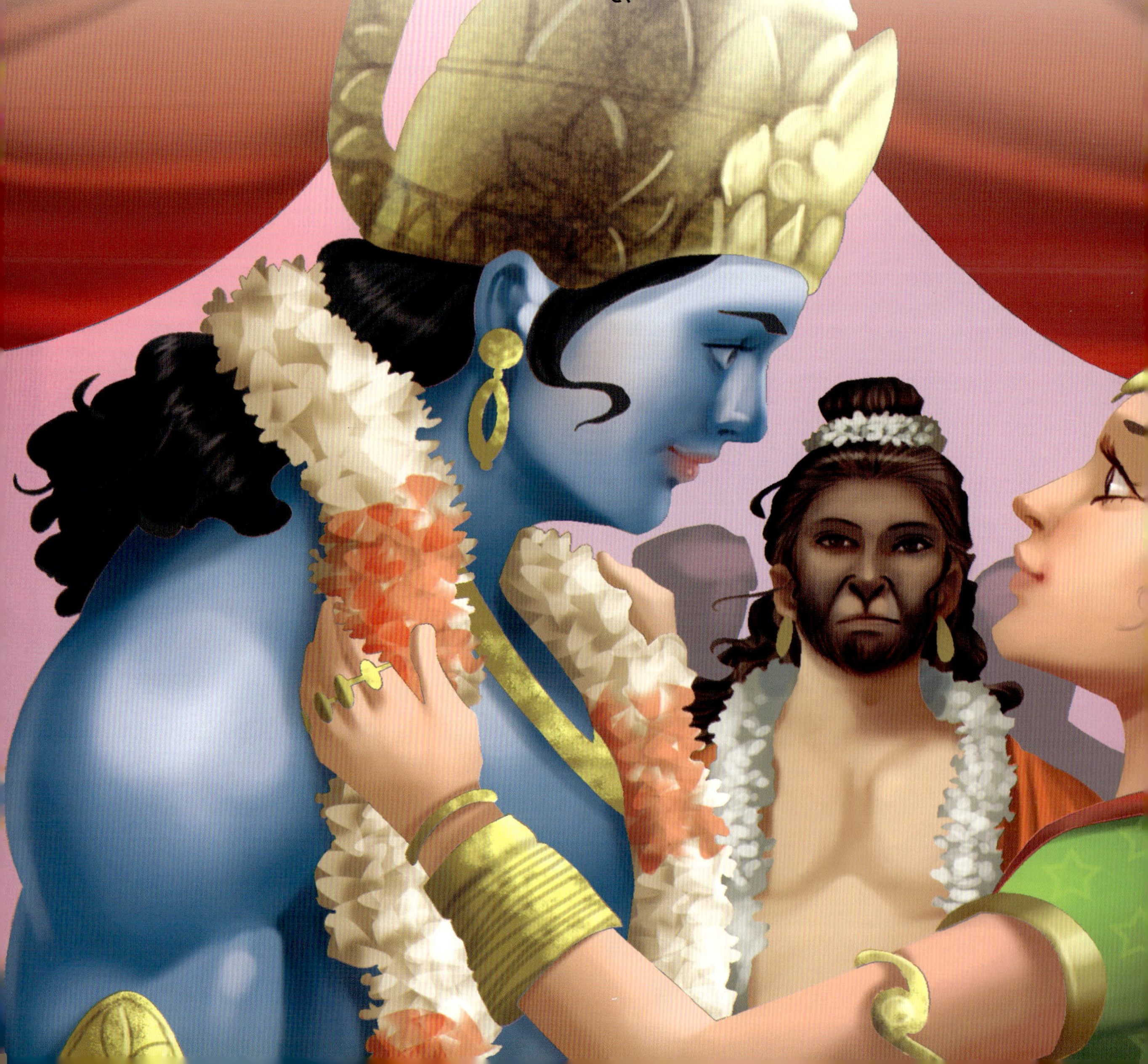

नारद बहुत कुपित हुए। उनका अपमान हुआ था। इसके बाद ब्राह्मणों के वेश में आए भगवान शिव के दो संदेशवाहकों ने नारद की चुटकी ली। उन्होंने कहा, ''ऐसा मुख लेकर तुम स्वयंवर में आए, यह साहस भरा काम है। अपनी दुल्हन जंगल में जाकर खोजो जो पेड़ों पर फुदकती हो!'' नारद अपनी उदारता का बखान करते फिरते थे किन्तु अब वह भी अपने

क्रोध पर नियंत्रण नहीं रख सके। उन्होंने कहा, ''मूर्ख! तुम श्री हरि का अपमान कर रहे हो जिनका मैं अनन्य भक्त हूँ। यदि तुम ब्राह्मण न होते तो मैं तुम्हें ऐसा कहने के लिये कठोर दण्ड देता। मेरा अपमान करने के लिये मैं तुम्हें यह शाप देता

हूँ कि अगले जन्म में तुम राक्षस बनोगे!'' नारद का मन दुःख और क्रोध से अशान्त था। वह निरुद्देश्य चलते जा रहे थे कि सहसा उन्हें एक सरोवर दिखाई पड़ा। जल पीने के लिये जैसे ही उन्होंने सरोवर में अपना सिर झुकाया, अपना प्रतिबिंब

देखकर चौंक पड़े। अब उन्हें ज्ञात हुआ कि उनका मुख बंदर की तरह है! वह इस बात से अनजान थे कि भगवान विष्णु ने उनका अहंकार मिटाने के लिये यह सब लीला की थी। उन्होंने क्रोधित होकर शाप दे दिया, ''हे देव! तुमने मुझे मेरी पसंद की कन्या से विवाह करने से रोककर मुझे बहुत कष्ट और मानसिक पीड़ा दी है। मैं तुम्हें शाप देता हूँ कि एक दिन तुम्हारा जन्म मनुष्य के रूप में होगा और तब तुम अपनी पत्नी से वियोग का कष्ट भोगोगे और तब कष्ट के समय तुम्हें एक बंदर की ही सहायता लेनी पड़ेगी!'' भगवान विष्णु ने अपनी माया से रचे नगर को अदृश्य कर दिया और तब नारद भी विष्णु की लीला समझ गये।

नारद को अपनी भूल का भी अनुभव होने लगा। उन्हें बहुत पश्चाताप हुआ। उन्होंने भगवान विष्णु से शाप के लिये क्षमा याचना की। भगवान विष्णु ने कहा, ''ब्रह्माण्ड की सभी घटनाएँ समय के अधीन हैं। तुम्हारा शाप निरुद्देश्य नहीं है। यह भावी घटनाओं का संकेत है।''

जब नारद का अहंकार फिर से प्रकट हुआ

नारद भगवान विष्णु का स्मरण करके ''नारायण, नारायण'' का जाप करने में लीन रहते। एक बार उनका अहंकार फिर से प्रकट हुआ और भगवान ने

उनका अहंकार मिटाने का निश्चय किया। एक दिन नारद भगवान विष्णु के साथ एक जंगल से गुजर रहे थे। भगवान विष्णु एक वृक्ष के नीचे बैठ गये और पानी माँगने लगे। वास्तव में भगवान विष्णु प्यासे होने का बहाना कर रहे थे ताकि नारद को सीख दी जा सके। नारद उनके लिये पानी लाने दौड़ पड़े। जैसे ही नारद पानी लाने गये, भगवान

विष्णु ने देवी माया को बुलाया। देवी माया एक सुन्दर स्त्री का रूप लेकर वहाँ पहुँच गईं। भगवान विष्णु ने माया से कहा कि उनकी योजना के अनुसार ही कार्य हो किन्तु उनकी योजना के बारे में नारद अनजान रहें। पानी ढूँढ़ते–ढूँढ़ते नारद एक

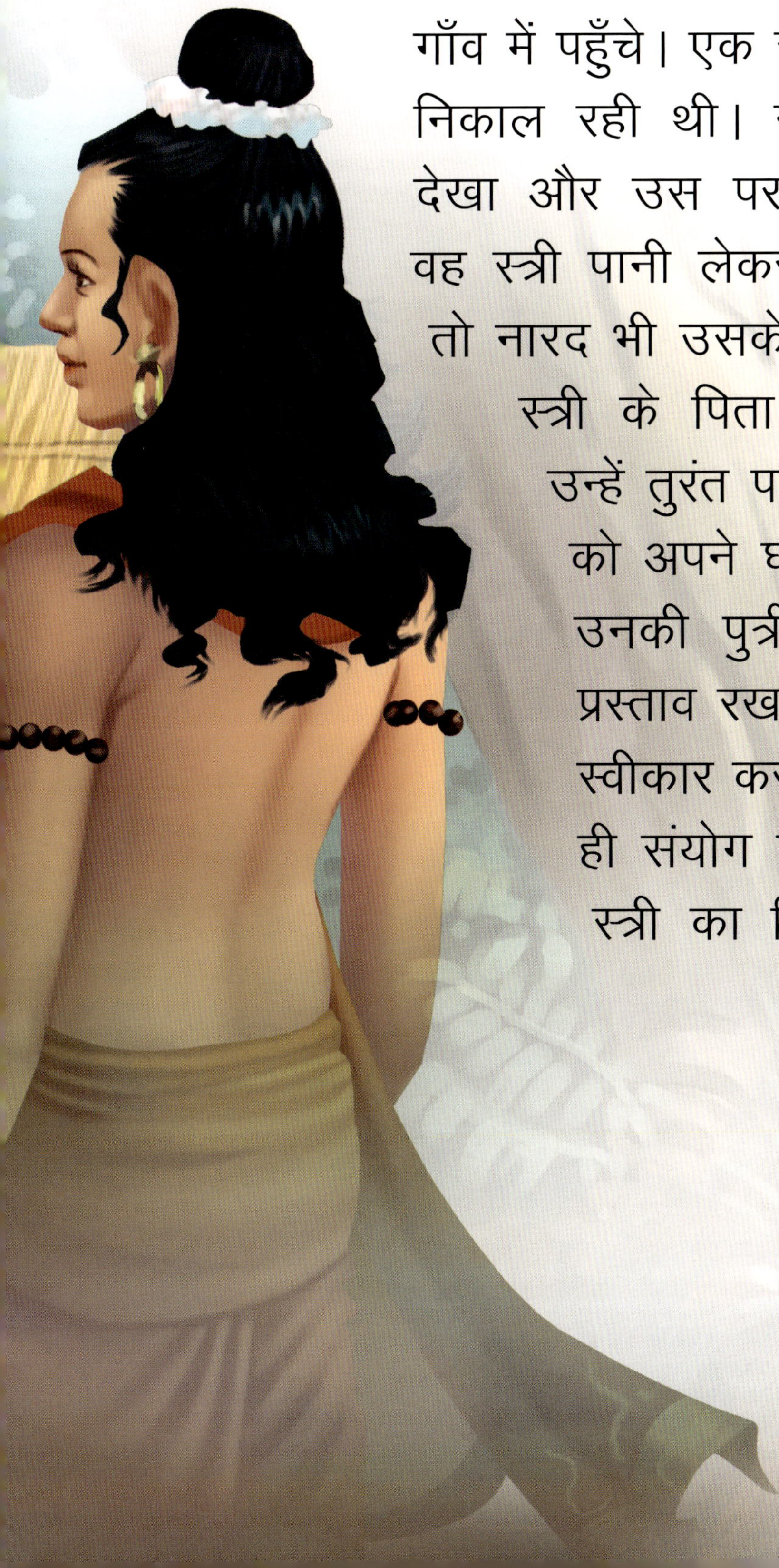

गाँव में पहुँचे। एक सुन्दर स्त्री कुँए से पानी निकाल रही थी। नारद ने उस स्त्री को देखा और उस पर मोहित हो गये। जब वह स्त्री पानी लेकर अपने घर जाने लगी तो नारद भी उसके पीछे–पीछे जाने लगे। स्त्री के पिता ने नारद को देखकर उन्हें तुरंत पहचान लिया। वह नारद को अपने घर में ले गये। नारद ने उनकी पुत्री से विवाह करने का प्रस्ताव रखा जिसे उन्होंने खुशी से स्वीकार कर लिया। कुछ दिनों बाद ही संयोग देखकर नारद और उस स्त्री का विवाह कर दिया गया।

उसके बाद नारद सुखमय वैवाहिक जीवन व्यतीत करने लगे। उन्होंने अपनी पत्नी के लिये एक मकान भी बनाया। कुछ समय बाद उनकी संतानें उत्पन्न हुईं और उनका जीवन खुशियों से भर गया। नारद अपने परिवार में इतना व्यस्त हो

गये कि वह भगवान को भी भूल गये। उन्हें यह भी याद नहीं रहा कि वह इस गाँव में अपने आराध्य देव के लिये पानी ढूँढ़ने आए थे। एक दिन इतनी बरसात हुई कि उस गाँव में बाढ़ आ गई। पानी का स्तर बढ़ता जा रहा था और धीरे–धीरे सारी चीजें डूबती जा रही थीं। इसके बाद

गाँव के मकान भी डूबने लगे और गाँववासी भी डूबने लगे। पानी की एक तेज लहर आई और नारद का मकान गिर गया। जब उन्होंने अपनी पत्नी और बच्चों को डूबते देखा तो वह उन्हें बचाने पानी में कूद पड़े। हालाँकि पानी का बहाव इतना तेज था कि वह अपनी पत्नी और बच्चों को नहीं बचा सके। अब नारद अकेले रह गये। तब उन्हें याद आया कि वह भगवान विष्णु के लिये पानी ढूँढ़ते–ढूँढ़ते इस गाँव में पहुँचे थे। 'हे ईश्वर! मैंने यह क्या किया? भगवान विष्णु प्यासे थे। वह जंगल में बैठे मेरी प्रतीक्षा कर रहे होंगे!' यह सोचकर वह रोने लगे। नारद ने सोचा कि अपने आराध्य देव को भूलकर उन्होंने पाप किया है। वह यह भी सोचने लगे कि क्या भगवान विष्णु अब तक उनकी प्रतीक्षा में बैठे होंगे?

मन ही मन में वह क्षमा याचना करने लगे, 'हे देव! मुझे क्षमा करें। मैंने तुम्हें बहुत कष्ट दिया है।' पश्चाताप करते हुए नारद भगवान विष्णु को खोजते रहे। भगवान उनकी प्रतीक्षा करते उसी वृक्ष के नीचे बैठे थे। लज्जित होकर नारद विष्णु के पैरों पर गिर पड़े और क्षमा माँगने लगे। नारद को इस दशा में देख भगवान विष्णु ने उन्हें क्षमा कर दिया, किन्तु साथ ही उन्हें धन या ज्ञान का कभी अहंकार न करने की सीख भी दी।

हिरण्यगर्भ का महत्व

एक बार नारद गंधमदन पर्वत से होकर जा रहे थे। उसी समय उन्होंने भगवान सूर्य को वहाँ बैठे देखा जो तपस्या में लीन थे। नारद ने उनसे पूछा, ''आप किसकी तपस्या कर रहे हैं?'' भगवान सूर्य ने कहा, ''मैं भगवान हिरण्यगर्भ की तपस्या कर रहा हूँ जो हमारे अंदर प्राण रूप में विद्यमान हैं।'' भगवान सूर्य ने भगवान हिरण्यगर्भ का महत्व समझाते हुए आगे कहा, ''भगवान हिरण्यगर्भ

हमारे भीतर अदृश्य रूप में विद्यमान हैं। मनुष्य की आत्मा उनसे ही उत्पन्न होती है और फिर उनमें ही समा जाती है। केवल मनुष्य ही इस गुप्त ज्ञान को प्राप्त कर सकता है। मैं उनकी तपस्या इस ज्ञान को प्राप्त करने के लिये कर रहा हूँ।''
नारद भी भगवान हिरण्यगर्भ के समक्ष नतमस्तक हो गये और उसके बाद अपनी यात्रा में आगे बढ़ गए।

मौद्गल्य ऋषि का समर्पण

मौद्गल्य ऋषि भगवान विष्णु के परम भक्त थे। निर्धन थे परन्तु खुश थे, मौद्गल्य ऋषि को अपने जीवन में किसी तरह का असंतोष नहीं महसूस होता था, किन्तु उनकी पत्नी खुश नहीं रहती थी। एक दिन उसने मौद्गल्य ऋषि से कहा, ''स्वामी! भगवान हर दिन तुम्हारे स्वप्न में तुमसे मिलने आते हैं, किन्तु तुम उनसे कुछ नहीं माँगते। हम बहुत निर्धन हैं।

तुम भगवान से अपने ऊपर भी कृपा बरसाने के लिये क्यों नहीं कहते!'' उसी समय नारद भी उसी ओर से जा रहे थे। नारद ने उनका वार्तालाप सुना और कहा, ''हे महर्षि, तुम्हारी पत्नी उचित कह रही है। तुम भगवान विष्णु से अपने ऊपर धन–वैभव की कृपा

बरसाने की याचना क्यों नहीं करते?'' मौद्गल्य भगवान से यह याचना करने के लिए तैयार हो गये। अगले ही दिन जब भगवान उनके स्वप्न में प्रकट हुए तो मौद्गल्य ने कहा, ''हे देव! मैं सांसारिक सुख–वैभव का भोग क्यों नहीं कर सकता?'' उसी समय नारद मुनि भी वहीं पधारे और भगवान विष्णु को

प्रणाम किया। भगवान विष्णु ने कहा, ''मेरे प्रिय मौद्गल्य! इस विश्व में प्राणियों को वही प्राप्त होता है जिसकी वे योग्यता रखते हैं। सबको अपने कर्म का ही फल मिलता है। तुमने तो मेरी अर्चना केवल घास और मंत्रों से की है। पूजा–अर्चना से तुम्हारा हृदय ही पवित्र हुआ है, किन्तु तुमने कभी दान नहीं किया। जब तुम दान–कर्म भी करोगे तो उससे कई गुना धन–वैभव तुम्हें प्राप्त होगा।''

मौद्गल्य ऋषि ने साहस बटोरकर कहा, "हे देव! मेरे पास दान–कर्म के लिये तो कुछ भी नहीं है।" तब भगवान विष्णु ने मौद्गल्य को चावल से भरी एक पोटली दी और कहा, "इस अन्न को ब्राह्मणों को दान कर दो।" ऋषि मौद्गल्य ने पोटली

ले ली। कुछ देर सोचने के बाद उन्होंने वह पोटली नारद को दान कर दी। जब ऋषि मौद्गल्य अपने घर वापस लौटे तो उन्हें अपनी कुटी के स्थान पर एक भव्य महल देखकर बहुत आश्चर्य हुआ। महल के पास ही एक सुन्दर मंदिर भी था जिसमें भगवान विष्णु और माँ लक्ष्मी की भव्य मूर्तियाँ

विराजमान थीं। ऋषि मौद्गल्य बहुत खुश हुए। उन्होंने कहा, ''यह सब कुछ श्री हरि का है, मेरा कुछ भी नहीं। सब कुछ उनके निर्धन भक्तों में बाँट दो।'' उसी समय नारद भी ''नारायण, नारायण'' का जाप करते वहाँ पधारे और सभी प्रसन्न हो गये।

देवी लक्ष्मी का कोप

ऋषि मौद्गल्य ने भगवान विष्णु से जो भी धन–वैभव प्राप्त किया था, वह सब कुछ दान कर दिया। अब वह फिर से अभाव का जीवन जीने लगे और भगवान की सेवा में अपने को समर्पित कर दिया। निर्धनता की देवी अलक्ष्मी ने इस अवसर का उपयोग करके धन की देवी लक्ष्मी का उपहास किया। लक्ष्मी अपना उपहास होते देख फूट पड़ी, "निर्धनता की देवी! मेरी पूजा–अर्चना पूरे विश्व में

होती है, किन्तु तुम्हें तो कोई नहीं पूजता। जिसके साथ तुम होती हो वह तो अपने को अभागा ही समझता है।'' लक्ष्मी की बात सुनकर अलक्ष्मी बोली, ''लक्ष्मी! तुम्हें मालूम भी है कि तुम कितना विनाशकारी हो सकती हो? जिसके पास तुम जाती हो उसकी अच्छाइयाँ उसे छोड़कर भाग जाती हैं। उसमें निष्ठुरता और अहंकार पनपने लगता है। भगवान के भक्त,

योगी–संन्यासी और दार्शनिक जैसे ज्ञानी लोग तुमसे दूर रहने का प्रयास करते रहते हैं।'' जब दोनों देवियों के बीच यह टकराव बढ़ने लगा तो भगवान ब्रह्मा ने नारद मुनि को उनके विवाद का निष्पक्ष समाधान करने भेजा कि दोनों देवियों में से

कौन अधिक शक्तिशाली है। नारद इस विवाद में नहीं पड़ना चाहते थे। उन्होंने सुझाव दिया कि पवित्र नदी माँ गंगा ही इसका निर्णय कर सकती हैं। देवी लक्ष्मी ने नारद का यह

सुझाव मान लिया। नारद दोनों देवियों को लेकर माँ गंगा के पास गये। माँ गंगा ने दोनों देवियों की बातें धैर्य से सुनीं। वह दोनों देवियों की बातें सुनकर मुस्कराने लगीं और देवी लक्ष्मी की महिमा की प्रशंसा करने लगीं। तब अलक्ष्मी ने माँ गंगा से कहा, ''हे माँ गंगा! यदि मेरा कोई महत्व ही नही

तो मेरे होने की आवश्यकता ही क्या है?'' माँ गंगा ने उसे समझाया, ''प्रकाश का महत्व तभी प्रकट होता है जब सामने अंधकार हो। धन–वैभव का महत्व निर्धनता के कारण ही बढ़ता है।'' अलक्ष्मी लक्ष्मी की श्रेष्ठता को चुनौती देने के लिये लज्जित हुईं।

माँ धरती का संताप

एक बार की बात है। माँ धरती पर पापी दैत्यों और क्रूर राजाओं के अत्याचारों का बोझ बढ़ गया था। मथुरा का राजा कंस अपनी प्रजा पर तरह–तरह के अत्याचार कर रहा था।

माँ धरती को अपने बालकों की रक्षा की चिंता सताने लगी इसलिये उन्होंने भगवान नारायण के सामने मदद की गुहार की। माँ धरती को सांत्वना देते हुए भगवान नारायण ने कहा, ''हे देवी धरती! जब धरती पर पाप और अत्याचार सीमा से अधिक बढ़ जाता है,

तब मैं सज्जनों की रक्षा के लिये धरती पर स्वयं अवतार लेता हूँ। शीघ्र ही मैं देवकी की आठवीं संतान के रूप में धरती पर जन्म लूँगा और कंस जैसे क्रूर राजाओं का अंत करूंगा। तब धरती पर पाप का बोझ कम होगा, किन्तु यह बात तुम किसी को मत बताना।'' माँ धरती भगवान नारायण के इस उत्तर से

अति प्रसन्न हुईं। उन्होंने भगवान नारायण के अवतार की बात किसी को भी न बताने का वचन दिया। उस समय मुनि नारद भी वहीं उपस्थित थे। उन्होंने कहा, ''नारायण! नारायण! हे देवों के देव! क्या आप धरती पर अकेले ही पधारेंगे?'' भगवान

नारायण बोले, ''नहीं, नारद! शेषनाग भी मेरे साथ मेरे भाई के रूप में मेरे साथ रहेंगे।'

कंस का वध

बैकुण्ठ से नारद मथुरा पहुँचे और कंस को भगवान नारायण के अवतार के बारे में बताया। यह सुनकर कंस क्रोधित हो गया और निश्चय किया कि वह अपनी बहन देवकी की सभी संतानों का वध कर देगा। कंस बहुत क्रूर था।

उसने निर्दयता से देवकी की छह संतानों को एक–एक करके पैदा होते ही मार डाला। जब देवकी की सातवीं संतान उसके गर्भ में थी तब भगवान विष्णु ने योगमाया को आदेश दिया कि देवकी के गर्भ में पल रहे बालक को रोहिणी के गर्भ में डाल दिया जाए। उसके बाद कंस को बताया गया कि देवकी की सातवीं संतान गर्भ में ही मर गयी। जब

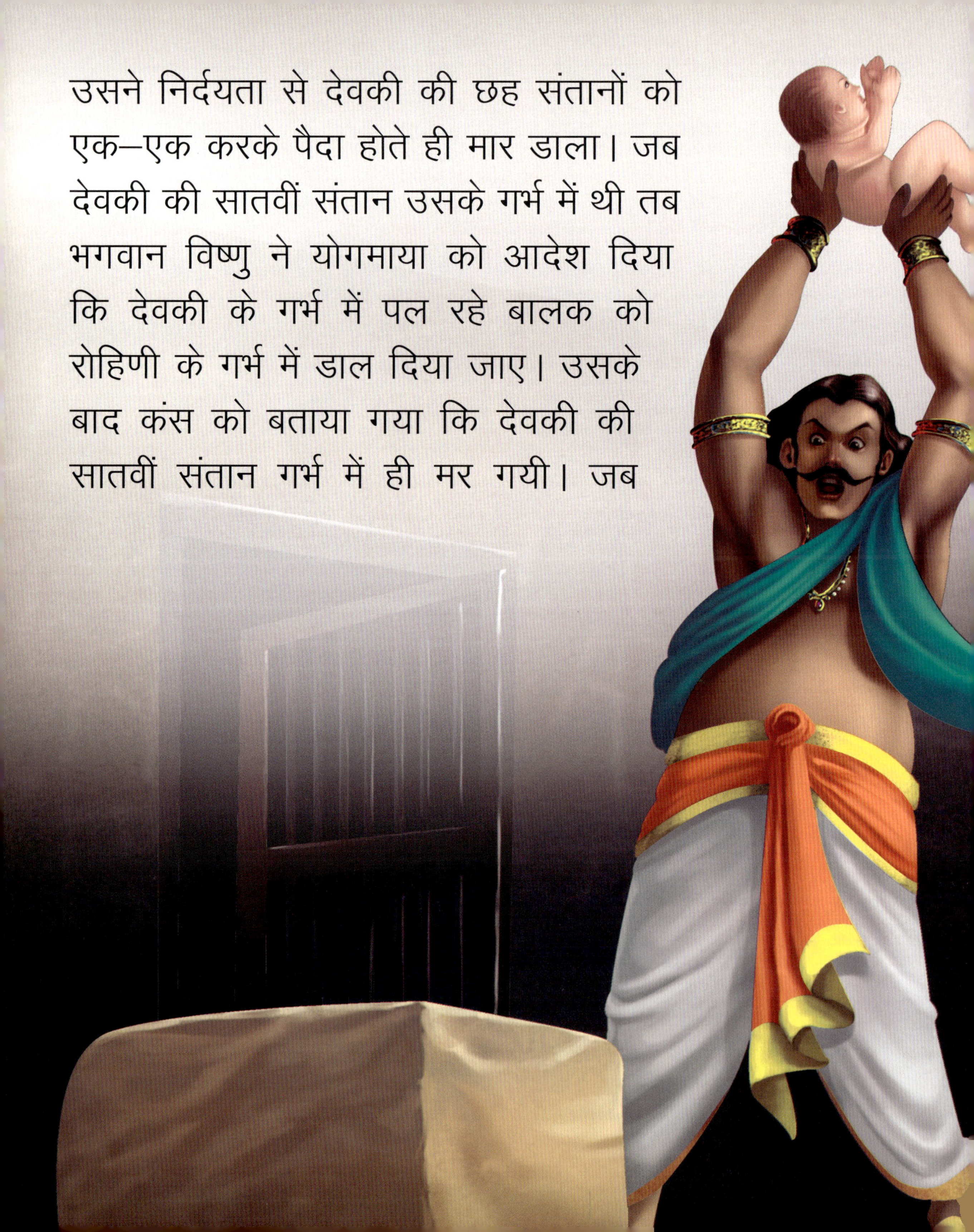

देवकी ने आठवीं बार गर्भ धारण किया तब भगवान नारायण स्वयं उसमें पधारे। देवकी के पति वसुदेव ने देवकी के शिशु (भगवान नारायण) को नंदगाँव की यशोदा की बालिका शिशु से बदल दिया। जब कंस ने देवकी की आठवीं संतान को उसकी पुत्री के रूप में देखा तो उसने निर्दयता से उस बालिका को देवकी की गोद से छीन लिया। उसने उस बालिका को वहीं पत्थर पर पटकना चाहा किन्तु वह उसके हाथ से फिसलकर देवी दुर्गा का रूप लेकर ऊपर चली गई। आकाश की ओर

जाते समय देवी दुर्गा ने कंस से चिल्लाकर कहा, ''अरे मूर्ख! तुझे मारने वाला देवकी की आठवीं संतान कृष्ण है। वह धरती पर जन्म ले चुका है।'' कंस भयभीत हो गया। वह जानता था कि यदि उसने कृष्ण को अभी नहीं मारा तो कृष्ण

बड़ा होकर उसका वध कर देगा। उसके बाद कंस ने कृष्ण को बचपन में ही मार डालने के कई उपाय किये। उसने कृष्ण का वध करने के लिये कई शक्तिशाली दैत्यों को भेजा, किन्तु कृष्ण और उनके बड़े भाई बलराम ने मिलकर कंस के सभी क्रूर दैत्यों का वध कर डाला।

अंत में कृष्ण ने कंस का भी वध कर दिया और इस तरह धरती से पाप और आतंक के अंधकार का अंत हो गया। कृष्ण की महिमा का गुणगान करने के लिये सभी देवी–देवताओं ने स्वर्ग से पुष्पों की वर्षा की।

TITLES IN THIS SERIES

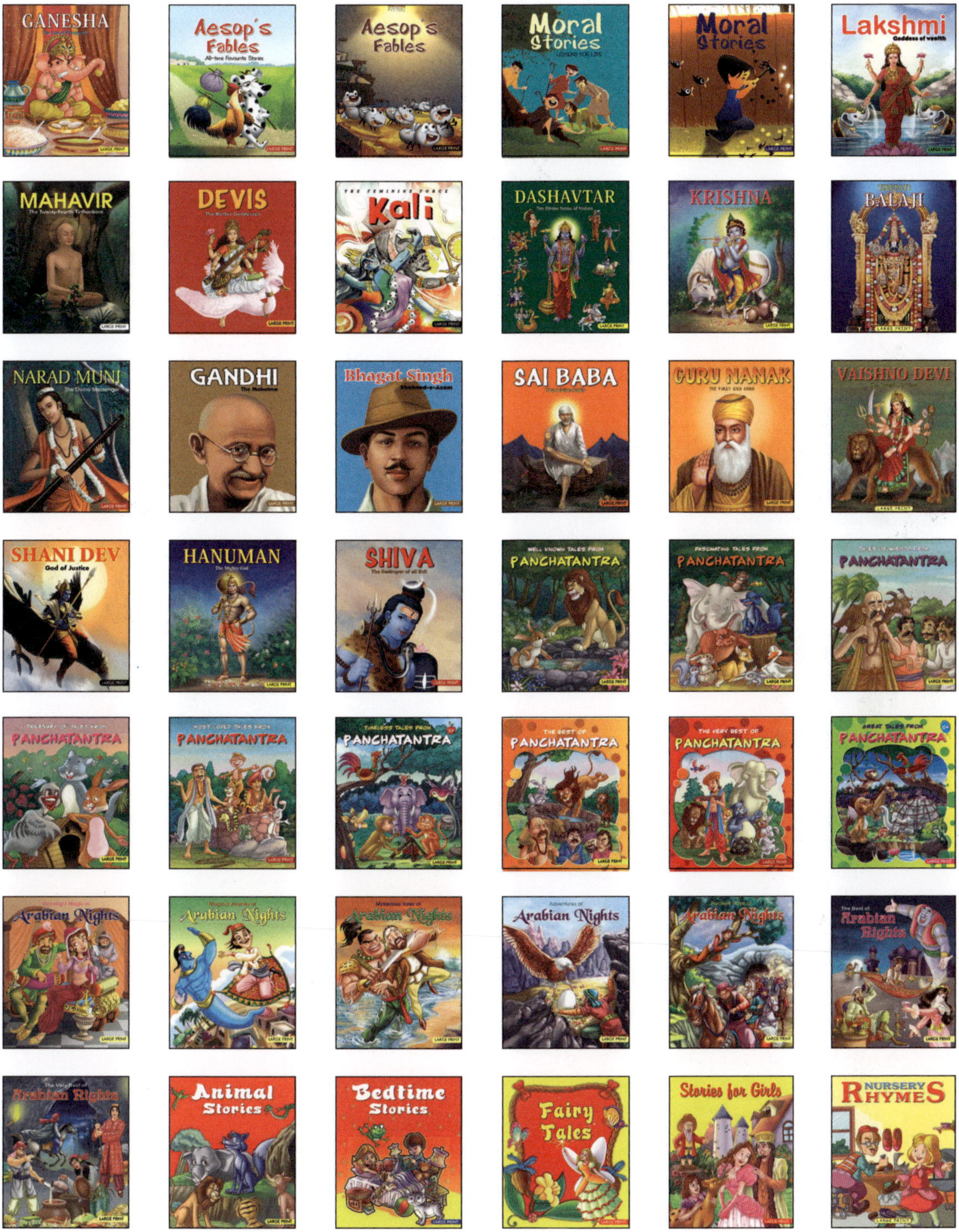